W9-CHU-914

Clifford

y su cumpleaños

Norman Bridwell

SCHOLASTIC INC.

A Adam, James y Patrick

Originally published in English as *Clifford's Birthday Party*

Translated by Juan Pablo Lombana

No part of this publication may be reproduced, stored in a retrieval system, or transmitted in any form or by any means, electronic, mechanical, photocopying, recording, or otherwise, without written permission of the publisher. For information regarding permission, write to Scholastic Inc., Attention: Permissions Department, 557 Broadway, New York, NY 10012.

Copyright © 1988 by Norman Bridwell.
Translation copyright © 2013 by Scholastic Inc.
All rights reserved. Published by Scholastic Inc. SCHOLASTIC, SCHOLASTIC EN ESPAÑOL, and associated logos are trademarks and/or registered trademarks of Scholastic Inc.
CLIFFORD, CLIFFORD THE BIG RED DOG, BE BIG, and associated logos are registered trademarks of Norman Bridwell.

ISBN 978-0-545-48871-6

12 11 10 9 8 7 6 5 4 3 2 1   13 14 15 16 17 18/0

Printed in the U.S.A.   40
First Spanish edition, January 2013

Mi nombre es Emily Elizabeth,

y este es mi perro, Clifford.

La semana pasada fue el cumpleaños de Clifford.

Invitamos a sus amigos a una fiesta.

Mamá preparó una mesa con helado y galletas.

Y decoramos el jardín.

Cuando llegó la hora de la fiesta,

no había llegado nadie.

¿Dónde podrían estar?

Fuimos a buscar a los amigos de Clifford.

Todos estaban en el parque.

Les pregunté por qué no habían ido a la fiesta.

Jenny dijo que querían ir, pero que quizás sus regalos
no le gustarían a Clifford.
Nada les parecía lo suficientemente bueno para un amigo tan especial.

Les dije que no se preocuparan.

A Clifford le gustaría cualquier cosa que le regalaran.

Todos corrieron a sus casas a buscar los regalos...

y después fueron a la fiesta.

Primero, abrimos el regalo de Scott y su perra, Susie.

Scott había inflado una pelota.

Clifford la infló un poco más.

Nos divertimos mucho.

Hasta que Clifford abrió el tapón.

Eso fue un error.

El siguiente regalo era de Sam y su perro, Lenny.
¡Era una piñata!

Colgamos la piñata de un árbol.

Adentro tenía galletitas para todos los perros.

Clifford debía romper la piñata con un palo.

Le dio un par de veces...

y rompió la piñata.
A los perros les gustaron las galletas,

pero decidimos que sería mejor no regalarle más
piñatas a Clifford.

Todos nos reímos cuando vimos el regalo de
Jenny y su perro, Flip.
Era un suéter muy pequeño para Clifford.

Pero le quedaba bien a su nariz.

Clifford detesta que se le enfríe la nariz.

El regalo de Alisha y Nero era un perro de juguete que hablaba.

A Clifford le gustó mucho.
Quería acariciarlo.

Ay, no.
Ya no hacen los juguetes como antes.

Cynthia y su perro, Basker, llegaron a la hora del helado.

Le regalaron a Clifford un certificado
del Salón de Belleza Guau Guau.
Podría lavarse el pelo y cortárselo gratis.

Todos imaginamos cómo se vería Clifford después de ir al salón de belleza.

A mí me gusta Clifford tal cual es.
Le agradecí a Cynthia el regalo,
pero se lo pasé a Scott y Susie sin
que ella se diera cuenta.
Sabía que a Susie le gustaría.

Luego, llegó la hora del pastel. Clifford parecía sorprendido.

Y se sorprendió aun más...

¡cuando su familia salió del pastel!

No había visto a su mamá, a su papá, a sus hermanas y a su hermano en mucho tiempo.

A Clifford le gustaron los regalos,
pero el mejor regalo de todos fue
el haber pasado el día con su familia y sus amigos.